AF370143

VENTE DE Mmes F... D...

Très beaux Costumes de Théâtre

PAR LANDOLF

ARGENTERIE

Tableaux Anciens et Modernes

MEUBLES

PARIS — 1897

NOTICE

80 TRÈS BEAUX COSTUMES DE THÉATRE

PAR LANDOLF

Bijoux et accessoires — Livrets et Partitions

SUPERBES BIJOUX MONTÉS DE BRILLANTS ET PERLES

ARGENTERIE

TABLEAUX ANCIENS ET MODERNES

Meubles de style et époques Louis XIV, XV et XVI, Empire

MARBRES, BRONZES, TENTURES

OBJETS DE VITRINE ET ÉTAGÈRE

ANCIENNES PORCELAINES DE SAXE ET ALLEMAGNE DU SUD

Très jolie pendule signée Saint-Germain

PROVENANT DE Mmes F... D...

DONT LA VENTE AURA LIEU

HOTEL DROUOT, SALLE N° 2

Les Vendredi 4 et Samedi 5 Juin 1897

à deux heures précises

COMMISSAIRE-PRISEUR

Me H. JOUAULT

14, rue Drouot, 14

EXPERTS

Pour les Objets d'Art :	*Pour les Tableaux :*
M. F. JACOMET	**M. H. BRAME**
1, rue Alphonse-Poitevin, 1	2, rue Laffitte, 2

EXPOSITION PUBLIQUE

Le Jeudi 3 Juin 1897, de deux heures à six heures

CONDITIONS DE LA VENTE

Elle sera faite au comptant.

Les acquéreurs paieront *cinq pour cent* en sus des adjudications.

L'exposition mettant le public à même de se rendre compte de l'état et de la nature des objets, aucune réclamation ne sera admise une fois l'adjudication prononcée.

Paris. — Imp. de l'Art. E. MOREAU ET Cie, 41, rue de la Victoire.

DÉSIGNATION DES OBJETS

TABLEAUX

1 — ART. *Raisins et prunes*. Pastel.

2 — BAKALOWICKZ. *La Musique*. — Haut., 23 cent.; larg , 18 cent.

3 — BALLAVOINE. *Femme nue*. — Haut., 28 cent.; larg., 36 cent.

4 — CORTAZZO. *La Promenade*. — Haut., 18 cent.; larg., 23 cent.

5 — DAMOYE. *Vue de la Marne*. — Haut., 32 cent.; larg., 60 cent.

6 — DUPRAY. *Artilleurs mettant une pièce en batterie*. — Haut., 32 cent.; larg., 24 cent.

7 — DUPRAY. *Général et son état-major*. — Haut., 38 cent.; larg., 28 cent.

8 — DUPRAY. *Le Camp.* — Haut., 26 cent.; larg., 35 cent.

9 — GALOTTI. *Marine.* — Haut., 42 cent.; larg., 91 cent.

10 — GRIMELUND. *Marine. Vue de Hollande.* — Haut., 38 cent.; larg., 55 cent.

11 — GROSS. *Le Lavoir de Charme (Vosges).* — Haut., 66 cent.; larg., 49 cent.

12 — HAMMANN. *Vaches au pâturage.* — Haut., 25 cent.; larg., 33 cent.

13 — JAPY. *La Somme, près Saint-Valery.* — Haut., 32 cent.; larg., 42 cent.

14 — KREYDER. *Fruits.* — Haut. 34 cent.; larg., 44 cent.

15 — OTTO VAN THOREN. *Paysans hongrois.* — Haut., 52 cent.; larg., 85 cent.

16 — OVERMANS (attribué à). *Paysage.* — Haut., 86 cent.; larg., 1 m. 28 cent.

17 — PERBOYRE. *Le Maréchal. Scène militaire.* — Haut., 20 cent.; larg., 25 cent.

18 — PETITJEAN. *Le Port du Havre.* — Haut., 46 cent.; larg., 72 cent.

19 — LE POITEVIN. — *Le Roi des Gueux.* — Haut., 1 m. 24 cent.; larg., 92 cent.

20 — RAFFAELI. — *La Maison où l'on se dispute.* (Œuvre importante.) — Haut., 43 cent.; larg., 50 cent.

21 — RAOUX. *Diseuse de bonne aventure.* — Haut., 1 m. 55 cent.; larg., 1 m. 10 cent.

22 — TISSOT. *Faust et Marguerite.* — Haut., 25 cent.; larg., 20 cent.

23 — TRUESDELL. *Bergère.* — Haut., 65 cent., larg., 55 cent.

24 — VAN MARCK. *Chèvres dans un pâturage.* — Haut., 23 cent.; larg., 33 cent.

25 — VAN MEEL. *Paysage.* — Haut., 98 cent.; larg., 1 m. 13 cent.

26 — VERNIER. *Marine.* — Haut., 26 cent.; larg.; 35 cent.

27 — VIBERT. *Sonneur de Trompe.* — Haut., 40 cent.; larg., 46 cent.

28 — Witt. *Trois dessus de porte grisaille :
Les Arts.* — Haut., 94 cent.; larg.,
1 m. 20 cent.; Haut., 1 m. 19 cent.; larg.,
1 m. 04 cent.

29 — Witt. *Décoration grisaille : Enfants
tenant une urne avec des fleurs.* — Haut.,
1 m. 84 cent.; larg., 1 m. 14 cent.

30 — Ziem. *Portrait d'homme.* (Dédié à P. de
Saint-Victor.) — Haut., 46 cent.; larg.,
33 cent.

MARBRES

31 — Breitel. Groupe : *Bacchante lutinant avec
le dieu Pan.* — Haut., 80 cent.

32 — Oudon (D'après). *Diane drapée.* — Haut.,
50 cent.

33 — Oudon (D'après). *Surprise.* — Haut.,
55 cent.

34 — Grand et beau buste de femme en marbre
blanc. Époque Louis XVI.

35 — Colonne, marbre noir, Louis XIV. —
Haut., 1 m. 10 cent.
Statue en marbre blanc : *Femme nue.* —
Haut., 65 cent.

BRONZES

36 — *Les Vendanges*, de JULES GROS.

37 — Trois coupes de chez BARBEDIENNE.

38 — Pendule, bronze doré, Louis XVI; le haut orné d'un vase, socle marbre blanc; cadran signé : PITOU.

39 — Délicieuse pendule en bronze doré. Époque Louis XV. Signée : SAINT-GERMAIN.

40 — Superbe pendule Empire et candélabres, bronze.

41 — Pendule Empire, bronze doré.

42 — Deux candélabres, bronze, argentés. Style Louis XVI.

43 — Lustre et deux appliques, bronze et cristaux.

COLLECTION D'ANCIENNES PORCELAINES DE SAXE
ET DE L'ALLEMAGNE DU SUD

44 — Brûle-parfums en ancienne porcelaine tendre de Mennecy.

108   45 — Bol et aiguière en ancienne porcelaine de HOchst.

365   46 — Beau groupe en ancienne porcelaine de Saxe.

150   47 — Statuette de Louisbourg.

170   48 — Groupe en ancienne porcelaine de Saxe.

Dennery
140   49 — Statuette en vieux Fraukenthal.

316   50 — Statuette, vieux Saxe : Homme jouant de la guitare.

161   51 — Statuette, vieux Saxe : Cheik avec arbalète.

Dennery
78   52 — Statuette, Saxe : Nègre avec peau d'élé-phant.

Dennery
61   53 — Très belle saucière en ancienne porcelaine de Saxe, première époque.

Dennery
550   54 — Grand groupe, Saxe : Cinq enfants.

320   55 — Deux statuettes, Saxe, se faisant pendants.

Stettiner
141   56 — Statuette en ancienne porcelaine de Louis-bourg.

112   57 — Taureau en ancienne porcelaine de Saxe.

160   58 — Groupe, Saxe : Fille de ferme donnant à manger à des poules.

Dennery

59 — Deux salières anciennes, porcelaine de
Saxe.

60 — Vide-poches, Saxe, en deux parties, représentant un perdreau.

61 — Six pièces en porcelaine de Sèvres : com-
potiers.

62 — Deux vases en porcelaine de Saxe. —
Haut., 80 cent.

ARGENTERIE

BIBELOTS DE VITRINE ET D'ÉTAGÈRE

63 — Timbale, argent, avec guirlande ciselée :
fleurs.

64 — Six rince-bouche, argent. Style Louis XV.

65 — Six coquetiers, argent, formant œuf cassé.

66 — Flacon à liqueurs, argent, et six petits
verres assortis.

67 — Petit panier à anses, argent.

68 — Bonbonnière, argent, formant cœur.

69 — Cache-pot, argent.

70 — Encrier, argent, Louis XV.

71 — Flacon de sels, argent doré.

72 — Baguier, argent.

73 — Deux petites assiettes, argent.

74 — Deux grandes assiettes, argent.

75 — Cendrier, argent.

76 — Cendrier, argent doré.

77 — Chaise à porteur, argent.

78 — Panier, argent.

79 — Gourde avec godet, vermeil.

80 — Presse-papiers, argent.

81 — Porte-allumettes formant tortue, écaille et argent.

82 — Boîte à poudre de riz en or.

83 — Bonbonnière avec miniature.

84 — Deux flacons, garniture or et miniatures.

85 — Cachet, argent, formant loup tenant une topaze.

86 — Casque soldat, argent et émail.

87 — Poignard, or et cuir.

88 — Cendrier, bronze, sur pied marbre noir.

89 — Sonnette, bronze.

90 — Sujet japonais en ivoire.

91 — Bonbonnière, émail bleu.

92 — Porte-cigarettes, ivoire.

93 — Presse-papiers représentant : soldat couché.

94 — Mandoline, écaille et nacre.

95 — Harpe, écaille et nacre.

96 — Service à glace : six pelles et une grande pelle, argent ciselé.

97 — Trente-six cuillers, argent.

98 — Pince à sucre, argent.

99 — Cachet, argent massif : Enlèvement des Sabines.

100 — Boite allumettes en or.

101 — Sac de voyage en vermeil.

102 — Glace, monture argent.

103 — Cuvette et pot à eau, argent.

104 — Plateau avec théière, pot à lait et sucrier, vermeil.

105 — Cadres, argent.

COSTUMES DE THÉATRE

Par LANDOLF.

BIJOUX DE THÉATRE

Accessoires divers. Livrets et Partitions des pièces suivantes :

106 à 216 — *Fille de Mme Angot. — Amour mouillé. — Mascotte. — Timbale d'argent.— Mme l'Archiduc. — Belle Hélène.— Grande-duchesse de Gérolstein.— Femme à Narcisse. — Grand Mogol. — Barbe-Bleue. — Carmen. — Cœur et la Main.— Gardeuse d'oies. — Cigale et la Fourmi. — Petit Duc.— Boccace.— Fanchon la Vielleuse.— 28 Jours de Clairette. — Miss Helyett*, etc.

BIJOUX

217 — Diadème en brillants.

218 — Collier, un rang de perles avec rondelles saphir, fermoir saphir et brillants.

219 à 221 — Trois paires de boutons d'oreilles, perles.

222 — Broche, émeraude, entourage brillants.

223 — Bague, turquoise, deux brillants.

224 — Bague, brillant noir, deux brillants blancs.

225 — Épingle à chapeau en roses.

226 — Épingle à chapeau, grosse perle blanche.

227 — Épingle à chapeau, perle noire.

228 — Broche, perles et brillants.

229 — Trois boutons cabochons, émeraudes.

230 — Boucle, ceinture, émeraude, entourage brillants.

231 — Boîte à poudre de riz, or et cristal.

232 — Épingle à chapeau, roses et brillants.

233 — Bibelots de breloque.

234 — Bague, or.

235 — Poignard, or.

236 — Petite montre dame, ancienne.

237 — Montre homme, or, ancienne.

238 — Ombrelle, manche ivoire.

MEUBLES

239 — Salon Louis XVI, laqué blanc et or, composé d'un canapé, deux fauteuils, six chaises, une table de milieu avec marbre rouge, deux consoles avec marbre rouge, deux glaces trumeaux représentant le Jour et la Nuit.

240 — Table Louis XIV, à quatre faces, pieds en bois sculpté, doré.

241 — Toilette, en vernis Martin, Louis XIV.

242 — Trumeau Louis XV, avec glace.

243 — Harpe Louis XVI, fronton : vase fleurs, sculpté.

244 — Traîneau Louis XV, avec collier, fouet et harnais.

245 — Lit à colonnes Louis XIV, chêne sculpté.

246 — Salon Empire pour bibliothèque.

247 — Deux fauteuils, bois doré, Régence, recouverts en soie rouge.

248 — Deux fauteuils, bois recouvert en ancienne tapisserie d'Aubusson.

249 — Superbe paravent laqué Koromandel. Époque Louis XIV.

250 — Très belle commode Louis XV, à deux tiroirs, garnie de bronzes de l'époque.

251 — Très belle glace italienne, bois noir et incrustations de nacre.

252 — Très belle salle à manger Renaissance.

253 — Commode style Louis XVI, marqueterie, bois de rose, garnie de bronzes.

254 — Chiffonnier style Louis XVI, garni de bronzes.

255 — Bureau dos d'âne, marqueterie hollandaise.

256 — Table rognon, Louis XV.

257 — Guéridon, bois de rose. Style Louis XVI.

258 — Table, marqueterie, forme cœur, richement garnie de bronzes.

259 — Bureau bonheur-du-jour, bois de rose, marqueterie : fleurs et attributs.

260 — Salon, noyer sculpté, composé de : un canapé, deux fauteuils, deux chaises.

261 — Deux chaises italiennes, en bois sculpté.

262 — Coffre ancien, en ébène sculpté.

LIVRES

Œuvres de Balzac. — Théâtre de Labiche. — Fables de La Fontaine, etc.

Nombreux objets et bibelots divers.

RED. :

16

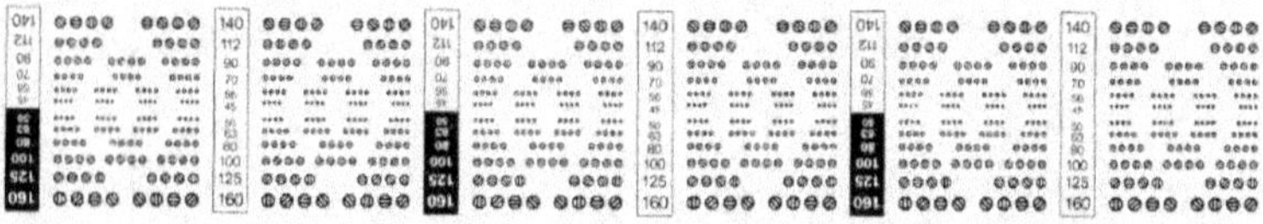

MIRE ISO N° 1
NF Z 43-007
AFNOR
Cedex 7 - 92080 PARIS-LA-DÉFENSE

0 1 2 3 4 5 6 7 8 9 10